EL VAIXELL DE VAPOR

Les galetes del Saló de Te Continental

Josep M. Fonalleras

Il·lustracions de Leonard Beard

Premi El Vaixell de Vapor 2007

cruïlla

Primera edició: octubre de 2007
Tercera edició: desembre de 2012

Direcció literària: Montse Ingla Mas
Edició: Josep Pascual Comellas

Balmes, 245 – 08006 Barcelona
editorial@cruilla.cat

ISBN: 978-84-661-1847-7
DL: M-41796-2007
Imprès a la UE / *Printed in EU*

Al meu pare, que va tenir el tifus
i va jugar a bèlit.
A la meva mare, que es diu Dolors.
A la Bet, la Clara, en Joan i la Laia,
que demanen sempre galetes ensucrades;
amb ells vaig anar a veure l'exposició
«Centelles, les vides d'un fotògraf»
al Palau de la Virreina.

1

CADA DIMARTS i cada dijous, tot l'any, l'avi Tomàs em ve a buscar a la classe d'escacs. Després, em porta al Saló de Te Continental, una pastisseria que t'hi pots asseure i tot. Em convida, cada dimarts i cada dijous, a la pasta que em vingui més de gust, la que jo vulgui. A vegades, trio unes ulleres de xocolata, però no sempre. El dia que també trio una tassa de xocolata desfeta, aleshores m'estimo més demanar melindros. També hi ha pastes de full, de poma, i braços de gitano petits, farcits de crema. Ell sempre pren un te i unes galetes. Diu que al Saló de Te Continental fan les millors galetes de Barcelona. N'hi ha de rodones ensucrades amb una nou a dalt de tot. N'hi ha de xocolata, també, amb formes molt estranyes, com si fossin un núvol, que no saps mai quina forma té. N'hi ha que són ben plenes de pinyons. A mi també m'agraden. M'agraden molt les rodones que tenen la nou, però resulta (quina gràcia!) que les nous ensucrades no m'agraden, així que em menjo la galeta però deixo estar la nou. L'avi Tomàs se'n mor de ganes, de menjar-se-la, però no pot, per les dents.

1

CADA DIMARTS i cada dijous, tot l'any, l'avi Tomàs em ve a buscar a la classe d'escacs. Després, em porta al Saló de Te Continental, una pastisseria que t'hi pots asseure i tot. Em convida, cada dimarts i cada dijous, a la pasta que em vingui més de gust, la que jo vulgui. A vegades, trio unes ulleres de xocolata, però no sempre. El dia que també trio una tassa de xocolata desfeta, aleshores m'estimo més demanar melindros. També hi ha pastes de full, de poma, i braços de gitano petits, farcits de crema. Ell sempre pren un te i unes galetes. Diu que al Saló de Te Continental fan les millors galetes de Barcelona. N'hi ha de rodones ensucrades amb una nou a dalt de tot. N'hi ha de xocolata, també, amb formes molt estranyes, com si fossin un núvol, que no saps mai quina forma té. N'hi ha que són ben plenes de pinyons. A mi també m'agraden. M'agraden molt les rodones que tenen la nou, però resulta (quina gràcia!) que les nous ensucrades no m'agraden, així que em menjo la galeta però deixo estar la nou. L'avi Tomàs se'n mor de ganes, de menjar-se-la, però no pot, per les dents.

2

EM VAIG apuntar a les classes d'escacs perquè l'avi va dir a la mare: «Berta, aquesta nena ha de fer escacs.» No hi ha cap nen de l'escola que en faci. Ells s'estimen més apuntar-se a bàsquet o a futbol. I moltes nenes fan patinatge. A més, a l'escola no en fan, d'escacs. La mare li devia contestar una cosa així: «Si vols que la Beatriu jugui a escacs, tu mateix. Però te n'encarregues tu, d'acord?» L'avi va dir que sí i em va apuntar a unes classes que fan al casino. Ell en diu així: el casino. El casino és un lloc de senyors grans, com un bar, amb butaques molt còmodes i amb tot d'avis que hi van a xerrar i a llegir el diari. Els nens no hi poden entrar, però a les classes d'escacs, sí. Les fan en un local que dóna al carrer. L'avi Tomàs va dir que saber jugar a escacs és molt important, perquè no hi aprens només a jugar a escacs sinó que hi aprens moltes més coses. «Et servirà per enfrontar-te a la vida, Beatriu.» A mi, tot això em fa una mica de por, perquè encara no sé què vol dir «enfrontar-te». La vida, sí que ho sé. És això de fer-te gran.

3

ELS PRIMERS DIES vaig aprendre a moure les peces. A saber com podien avançar els peons i com saltaven els cavalls. I després, vaig aprendre a enrocar. Això sí que m'agrada, perquè és com una mena de màgia. Fas que el rei s'acosti cap a la torre, que també en diuen roc, perquè és com un roc, i, després, la torre salta per damunt del rei, que és l'únic moment de la partida que la torre pot saltar. I el rei se'n va cap al lloc on hi havia la torre i la torre se'n va cap al mig, que sempre hi ha més merder, perquè el rei no s'hagi de preocupar de res. En una sola jugada. Així, el rei està més protegit. És com si s'estigués al seu palau, sense que ningú el molesti. I la torre, que val molt, i que és com un roc, pot anar fent de les seves.

L'avi em pregunta si ja he entès allò d'enfrontar-se a la vida i li dic que sí. Ell no s'ho creu, perquè es nota molt que ho dic sense saber-ho gaire. L'avi mira d'explicar-m'ho. «Quan et penses que ja no hi ha res a fer, quan et penses que ja tens la partida perduda, doncs aleshores pensa. Pensa, Beatriu. Sempre hi ha una escapatòria. Sempre te'n pots sortir.» Li dic que a vegades no n'hi ha. Que se't mengen els cavalls i els alfils i que la reina no sap on anar i que... Ell em diu que quan en sàpiga més ja veuré l'escapatòria. «No t'hi amoïnis, Beatriu», fa l'avi.

4

DESPRÉS DE LES CLASSES d'escacs, anem al Saló de Te Continental. El coneixen de fa molts anys. Li diuen «senyor Tomàs», però hi ha un cambrer, que és tan vell com ell, que li diu «senyor Canadell». El cambrer du un davantal que li arriba fins als peus, de color blanc. I una armilla de color negre i una corbata de llaç. Ens pregunta si volem el de sempre, i l'avi li diu que sí. «La nena, no ho sé.» La nena sóc jo, i sempre miro de demanar coses diferents. Avui, per exemple, demano uns pastissets petits de fruita, de gerds i de préssec. I un batut calent.

5

A VEGADES, abans de passar pel Saló, anem a fer un volt. L'avi em du a veure exposicions. O a veure aparadors de les botigues. Em diu que aquest és un altre dels avantatges de fer escacs: que no has d'anar amunt i avall amb un violí o amb una trompeta. O que no has de carregar amb la bossa d'esports. Surto de la classe amb la motxilla i prou, amb les mans a la butxaca.

A vegades, entrem en una llibreria. L'avi no se'n compra, de llibres, perquè diu que ja no té vista per llegir. De tant en tant, me'n regala un, però em diu que me l'he de llegir i que em preguntarà coses del llibre i que «pobra de tu, si no me'n saps dir res».

6

AVUI HEM ANAT a veure una exposició de fotografies. Ja feia dies que l'avi em deia que hi volia anar, però encara no havíem tingut temps. O potser és que tenia por que passés el que ha passat. L'avi hi ha entrat amb els ulls una mica plorosos, però jo no m'hi he fixat gaire. No m'ha semblat que fos res d'especial, perquè els ulls li ploren molt sovint, sobretot a l'hivern. No és pas que hagi de plorar perquè estigui trist ni res de tot això. Els ulls dels avis ploren sense més ni més, i també els tremolen les mans, plenes de pigues, aquelles mans amb tants de nervis i tantes venes que s'hi dibuixen. Aquesta vegada, però, les llàgrimes resulta que eren més de debò que les llàgrimes de plorar perquè sí. I és que costa molt d'endevinar quin tipus de llàgrimes són. Si hi ha una cosa que costa, al món, és saber com són les llàgrimes dels avis.

7

ENS HEM ENTRETINGUT en totes i cadascuna de les fotografies de l'exposició. L'avi no deia res. Quan anem a altres exposicions, sempre aprofita per ensenyar-me coses i per fer-me preguntes d'història. I després, si no les sé –que no les sé quasi mai–, em diu si a l'escola no ho estudiem o què. Aquesta vegada, però, hem vist l'exposició en silenci. L'avi anava palpant les fotografies i assenyalava coses que li feien gràcia, com ara una fotografia d'uns pallassos d'un circ que es deia Circ Olímpia i que tocaven la guitarra i el violí. Jo no deia res, però m'imaginava que eren fotografies de quan ell era petit. Potser hi havia anat i tot, al Circ Olímpia.

8

L'AVI S'HA DESMAIAT davant d'una de les fotografies. Ha començat a suar. Plorava més del compte. M'ha dit que volia seure, però no hi havia cap cadira. M'ha dit que es marejava. He corregut a buscar una de les noies que vigilaven l'exposició. He demanat a un senyor que també mirava les fotografies que es fes càrrec de l'avi, perquè no caigués a terra. Quan hem tornat la noia i jo, l'avi ja era en braços d'aquell senyor. Tenia la cara ben blanca, com la del pallasso del Circ Olímpia. Tot han sigut corredisses.

9

La fotografia que l'avi mirava quan es va desmaiar era la d'uns nens que n'afusellaven uns altres. Bé, dit així, és una cosa molt gruixuda. La veritat és que tot ho feien de per riure, com de mentida. Eren nens amb pantalons curts i amb jersei. Duien una mena de barrets al cap, fets de paper, com unes gorres de soldat. I tenien arcs i fletxes fets per ells mateixos. I també unes escopetes de fusta. El que manava el batalló era un altre nen, amb una espasa de fusta. Dalt d'una roca, n'hi havia tres més. Duien les mans lligades a l'esquena. D'aquests, dels que estaven a punt de ser afusellats, n'hi havia dos amb els pantalons llargs. Un, duia una granota d'electricista. L'altre, un jersei amb tot de rombes. El tercer, amb pantalons curts, tenia els genolls pelats. Feien cara de por. Miraven els del batalló, a punt de disparar. Després de la fotografia, en un moment que no es veu, segur que van caure rodolant per la roca, fent veure que es morien. El dels pantalons curts segur que encara es va pelar més els genolls.

10

L'AVI ES VA COMENÇAR a trobar malament en veure la fotografia dels nens que jugaven en aquell descampat. Després, tot van ser corredisses. Sort que els de l'ambulància van venir molt de pressa. Li van posar una màscara perquè respirés més bé. Em van fer anar en un racó, perquè no veiés tot el que passava, però vaig poder veure allò de la màscara. El van posar en una llitera i se'l van endur. Em van preguntar com em deia i com es deien els meus pares. Els vaig dir que el pare no hi era, que era de viatge, i que la mare es deia Berta Canadell. Em van dir que m'esperés. Em vaig esperar fins que van tancar la sala d'exposicions. Em va venir a buscar la mare. L'avi era a l'hospital, on li estaven fent unes proves. La mare em va dir que no patís. Que em deixaria amb els veïns i que ella tornaria a l'hospital.

11

AQUELL DIA no vam anar al Saló de Te Continental. Vaig arribar a pensar que l'avi no podria celebrar la festa del dia dels seus vuitanta anys. L'havia vist tan blanc i tan marejat, que semblava mig mort. Els dimarts i els dijous, mentre l'avi va ser a l'hospital, em va venir a buscar una cangur. Era simpàtica, sí, però no li agradaven ni el te ni les galetes, i així no es pot anar enlloc.

12

UN DIUMENGE vaig dir a la mare d'anar a veure l'exposició de les fotografies. A ella també li convenia sortir, després de tants dies fent companyia a l'avi, a l'hospital. Jo volia saber què s'hi amagava, en aquella foto que l'havia fet desmaiar. Hi havia un secret que jo desconeixia? M'hi vaig fixar molt. Encara hi eren, tots els nens d'aquella tarda. En la mateixa posició. N'hi havia que disparaven i n'hi havia que tenien les mans lligades a l'esquena. La mare va passar per davant de la fotografia sense aturar-se. És del tipus de mares que es poleixen una exposició en un tres i no res. Sempre té pressa. Li vaig dir que era en aquella sala, ben bé en aquella sala, on l'avi havia patit l'atac. Em va dir: «Sí, sí. Fem-ne via!» Vam sortir de l'exposició i tampoc no vam anar al Saló de Te.

13

L'AVI S'HA REFET. Ara ja torna a venir a les classes d'escacs, els dimarts i els dijous. Els metges li van dir que li convenia caminar. «Com que fa bo, si no et fa res, et vindré a buscar.» I tant, que no em fa res. Això sí, ara anem una mica més a poc a poc. L'avi està delicat i al Saló de Te Continental ja no pot prendre el de sempre. No li convé el te, han dit els metges. Pren un got d'aigua i, de tant en tant, tasta una mica de la meva xocolata. El cambrer ha fet una reverència i li ha dit: «Senyor Canadell, estem molt contents que torni a ser entre nosaltres.»

14

«A PARTIR D'AVUI hi haurà novetats, estimada Beatriu.» Quan ho ha dit, m'he pensat que volia dir que ja no tornaríem al Saló de Te o que ja no em vindria a buscar a la sortida de la classe d'escacs, però no. La novetat és que l'avi Tomàs m'ha preparat una sorpresa. «Aquesta és la primera», m'ha dit, «però cada dimarts i cada dijous en tindràs una de nova.» M'ho ha dit mentre el cambrer duia a la taula una capsa de plata, molt lluent, com un estoig. M'he pensat que es tractava d'una joia, de tan lluent que era. He pensat que si la capsa era així, què no hi devia haver a l'interior. Un anell? Un collar? L'avi, amb molt de cerimonial, ha obert l'estoig. Era folrat d'un vellut de color vermell. I, a dins..., a dins... Una galeta. Ostres, he pensat, tanta capsa i tanta cerimònia per una galeta...!

15

LA GALETA és d'aquelles que tenen sucre glaçat i una nou al cim, però aquesta vegada sense nou. A més a més, la sorpresa és que la galeta té forma. Vull dir que no és una galeta de les de sempre, rodona i aixafada, o com les de xocolata, que semblen un núvol i que no volen dir res. La galeta de l'avi Tomàs té forma de lletra. És una lletra de galeta. Té la forma d'una *E*.

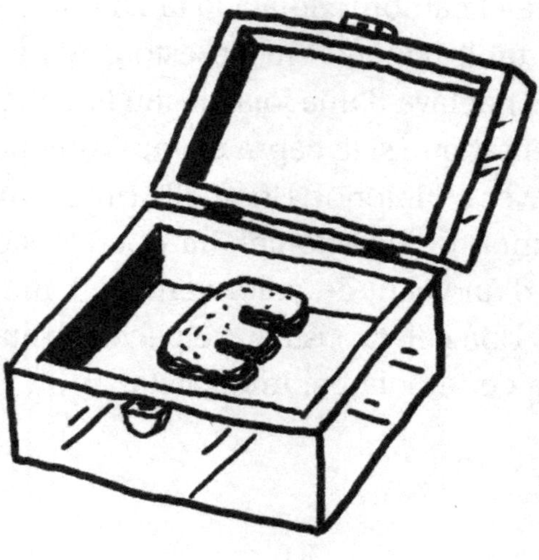

16

«CADA DIMARTS i cada dijous», ha dit l'avi, «et tocarà una lletra diferent. I amb cada lletra que et mengis t'explicaré una història. Apa, menja't la *E*.»

És boníssima. Te la podries posar sencera a la boca, però és millor mossegar-la a poc a poc. Sentir el crec que fan les dents amb la queixalada del sucre glaçat. Sentir la dolçor de la pasta, que et queda enganxada a les dents. «I com t'ho has fet, avi, per tenir galetes així?» L'avi em diu que els amos del Saló de Te són amics seus de fa temps i que aquestes galetes les fan expressament per a ell. «Per a tu, bonica.»

17

MENTRE EM MENJO la galeta *E*, l'avi diu: «*E*, d'exèrcit, o d'escopeta. He volgut començar per aquesta, perquè és la primera de totes, la que em va donar la idea. A l'hospital, hi vaig estar rumiant molt. I vull que tu ho sàpigues, que sàpigues coses meves, Beatriu.» Faig una segona mossegada. L'avi em parla de la fotografia de l'exposició. Em diu que ell era un d'aquells nens que jugaven a disparar. Era un dels que feia anar l'escopeta de broma. «Abans de la guerra, ja hi jugàvem, no et pensis...» Li dic que és una cosa ben curiosa. «Ostres», li dic, «ja és casualitat que fossis tu mateix, no?» No sé si és per això que es va trobar malament. Ell em diu que no es pot saber mai, però el cert és que es devia quedar ben parat de veure's allà, en aquella foto, tan petit. «Envoltat dels meus amics. En Claudi Gómez, en Carles Reig, en Robert Casanovas, en Floreal Bagudà, en Bernat Albert. No me'n recordo de tots, però sí de tots els que disparàvem.» Els que disparaven, diu. Però si les escopetes eren de fusta! «Abans de la guerra», em diu l'avi, «ja hi jugàvem. A batalles de pedres i tot. Els d'un barri fèiem una colla i anàvem a l'altre costat de la riera a fer batalles contra els enemics. El que passa és que, amb la guerra, vam imaginar el joc dels afusellaments. En sentíem a parlar. Vèiem coses d'aquestes als diaris. Hi havia trets. I mira...» A l'avi se li tornen a humitejar els ulls. No voldria pas que li agafés un altre atac, aquí, al mig del Saló de Te.

18

«NO SÉ QUÈ se n'ha fet, de tots aquells», diu l'avi. «Fa molt de temps, fa segles, que els vaig perdre de vista. Fa molt de temps. No n'he sabut mai més res, ni tan sols de la Dolors, una nena preciosa, que duia els cabells tallats arran de les celles. Era com si portés una perruca, com si els cabells li fessin de cortina, al front. Jugava amb una nina i va dir que la nina s'havia trencat el braç. I un metge de l'exèrcit li va posar un guix. Un guix a una nina, ves!»

19

HI HA DIES que l'avi no ve a buscar-me. Ve la cangur. Ha de caminar, però també ha de fer repòs, de tant en tant. Es cansa més que abans, i la mare no vol patir un altre ensurt. He dit a la cangur d'anar a l'exposició de fotografies. M'agradaria trobar-m'hi un d'aquells amics de l'avi, no ho sé, qualsevol. Si ell hi va anar, per què no pot ser que els altres també tinguin la mateixa pensada? Ja sé que seria molta casualitat, però si m'hi estic una estona em penso que l'acabaré trobant. Si me'l trobo, li diré que sóc la néta d'en Tomàs Canadell. Segur que se'n recordarà, i després el convidaré a venir a casa a veure l'avi. Uf, seria molt emocionant. La cangur, però, no hi vol anar. Em diu que no hi hem d'anar a fer res. Sempre anem de pressa cap a casa, i mai no vol anar a fer un volt ni res.

20

AMB LA MARE. Hi aniré amb la mare. No. Amb la mare ja hi he anat. No hi voldrà tornar. Però he de trobar, com sigui, algun dels amics de l'avi. Li faria molta il·lusió que el dia del seu aniversari... Sí, muntarem una festassa quan faci vuitanta anys. Hi seran tots els amics que fa temps que no veu... Uf. No sé pas com ho podré aconseguir. Això només passa a les pel·lícules.

21

LA LLETRA D'AVUI és una *T*. «*T* de tifus», diu l'avi. I em diu que no m'espanti. Li dic que no sé per què m'hauria d'espantar. Aquest, en Tifus, més aviat em fa pensar en un gos. Però l'avi em diu que no, que era una malaltia terrible de quan ell era petit. La va patir, i es va haver d'estar molts dies al llit, suant, vomitant. «Sort que teníem uns parents de pagès que ens duien verdura i fruita. La fruita era molt important.» Aquells dies, el van cuidar molt, perquè la seva mare tenia por que es morís. N'hi havia molts, que es morien del tifus, però l'avi va tenir sort. En va sortir afeblit i amb les cames ben primes. «Sort en tenia dels retallables. Me'n van regalar molts. Obries un paquet sorpresa i en sortien tot de ninos de paper i tu els havies de retallar amb unes tisores i després els anaves vestint: de legionaris romans, de cavallers medievals, de soldats amb casc.»

22

«LA LLETRA D'AVUI és una...» L'avi sempre vol que sigui una sorpresa. S'acosta el senyor cambrer amb l'estoig de plata i el deixa sobre la taula. També em porta una tassa de xocolata. A poc a poc, l'avi obre la capsa i, quan ja està a punt, em diu que em tapi els ulls. M'agafa els dits i me'ls fa passar per damunt la galeta. «És una *B*», dic. «No, t'equivoques, Beatriu. És una *H*.» Una hac. De què? D'hipopòtam? A veure si ara resultarà que l'avi també va ser un caçador d'hipopòtams a l'Àfrica. D'heroi? Va ser un heroi? «Ui, no», em diu. «És una *H* d'home. De l'home volador.»

23

«UN DIA QUE ERA festa major recordo que vam anar a una plaça de braus. Tota la plaça era plena de gent, un festival infantil. Nens i nenes mudats. Al mig de la plaça, un senyor, disfressat de pallasso, anava fent cabrioles. Saltava amunt i avall i feia capgirells. Anava amb un vestit blanc de dalt a baix. Mentrestant, els seus ajudants anaven inflant un globus gegantí. Tothom es pensava que s'hi enfilaria, però no hi havia un cabàs ni res de res. Només una corda. Aleshores, el senyor es va arrapar a la corda i va manar als seus ajudants que deixessin que el globus s'enlairés. Se'n va anar cap al cel, fent adéu amb la mà. Mai no vaig saber si va aterrar bé o si se'l van haver d'endur amb una ambulància, pobrissó.»

24

HA PASSAT. Com si fos una pel·lícula. El dia que l'avi va dir els noms me'ls vaig apuntar en un paperet que sempre porto al damunt. Hi ha en Claudi i en Carles, i en Robert i en Bernat, i també aquell en Floreal, que no caldria que me l'hagués apuntat perquè em va quedar enganxat al cervell. Mai no l'havia sentit, un nom així. Els vaig apuntar, amb el nom i els cognoms, per si de cas me'ls trobava un dia vés a saber on. Així els podria dir: «Senyor, no és veritat que vostè, de petit, va jugar a la guerra amb el meu avi, en un descampat?» Avui ha passat.

Hem anat amb l'escola a veure l'exposició. No us podeu imaginar el xivarri que hi havia. Els vigilants ens han cridat l'atenció i ens han dit que, si no callàvem, ens farien fora. La professora ens ha fet callar. Hem anat avançant pels passadissos i pels racons de la sala i ens hem aturat en la projecció d'unes imatges que ens han fet molta gràcia. Jo, ja les havia vist, és clar. He aprofitat per tornar a mirar la fotografia de l'avi amb els seus amics. Encara hi era, és clar, perquè les fotos no es mouen ni res de tot això.

Hi havia un senyor que m'ha semblat que també plorava. Palpava també la fotografia amb els dits. M'hi he acostat i li he dit: «Un d'aquests es diu Floreal, que és un nom que jo no havia sentit mai. És un nom ben curiós, no? No li sembla? I els altres són en Carles i en Claudi, i en Robert. Ah!, i també en Bernat, que me'n descuidava, i en Tomàs Canadell, que són noms que sí que he sentit alguna vegada. Ho veu? Els porto aquí escrits.» Li he ensenyat el paperet, però no pas perquè aleshores pensés que ell era un dels nens sinó perquè m'ha vingut una mena de xerrera que no he pogut aturar i, ves, perquè em feia gràcia d'ensenyar el paperet a aquell senyor.

M'ha contestat la seva dona. M'ha dit que era una mica sord i que segur que no m'havia sentit prou bé: «Però, nena, d'on has tret aquests noms?» Ostres, he pensat, encara potser en coneixeran algun. I si en coneixen un, també pot ser que coneguin l'avi. Després, el senyor que tenia els ulls humitejats ha fet: «Jo em dic Claudi Gómez, nena.»

Una mica més i em moro de l'espant. Llàstima que després han vingut tots els altres i se m'han emportat com si se m'emportés una onada del mar, i hem hagut de marxar. He tingut temps, però, de demanar-los el número de telèfon. Quan ja quasi érem fora de la sala, he cridat: «Sóc la néta d'en Tomàs Canadell. Se'n recorden?». La dona m'ha dit que el mirés a la guia, que va a nom d'ella, el telèfon. «Dolors Caminal», m'ha dit.

25

UNA ALTRA *E*. «És la *E* d'escacs», em diu l'avi. Ostres, penso, ja s'han acabat les històries. Ara em parlarà de com he de defensar el rei, i de si he d'atacar i dominar les caselles centrals, i tot això que ja m'ensenyen a les classes. En realitat, em van apuntar als escacs perquè l'avi ho va demanar. Em sembla que ho va exigir i tot, que és una manera de dir que s'hi va entossudir. És tossut, l'avi, quan vol, i la mare diu que jo hi retiro. Devia dir a la mare que saber jugar a escacs és molt important per al futur, o alguna cosa per l'estil.

Doncs, no. M'explica que, quan va esclatar la guerra, ell jugava a escacs. Era en un poble de la muntanya. «S'hi estava la mar de bé», em diu. Amb un riu on es banyava amb els seus amics. Feien curses de bicicletes. «Pujàvem als arbres i ens hi estàvem una bona estona.» Però recorda sobretot la partida d'escacs. «Mai no la vam acabar. Jo i en Floreal érem a la vora de la finestra, una finestra amb unes reixes de ferro amb moltes filigranes, vull dir una reixa molt treballada, molt bonica. Hi paràvem la fresca i jugàvem a escacs. Com que jo havia passat allò del tifus, no podia córrer tant com els altres. Per això em passava estones jugant a escacs. Ell tenia les negres i jo les blanques. Em penso que tenia una torre d'avantatge. Aleshores va venir una senyora i va cridar: "Sembla que hi ha guerra! La guerra!" Jo només havia sentit a parlar de la guerra de pedres amb els nens del barri del costat, però la de pedres era més aviat una batalla i no pas una guerra de debò. Va venir la guerra, sí, i ja mai més no vam tornar al poble de la muntanya.» Li pregunto per la partida. «No la vam acabar. Les peces es van quedar allà. Els pares ens van dir que no ens moguéssim de casa, i vam escoltar la ràdio. L'hauria guanyat jo, la partida.»

26

HE ACONSEGUIT que la mare em faci costat. Sempre està molt atabalada i es pensa que totes les meves cabòries són coses de nens. Aquesta vegada, però, deu saber que l'avi està malalt de debò. És per això que em fa costat. Vull dir que ha estat ella qui m'ha acompanyat a casa del senyor Claudi Gómez i de la seva dona, la senyora Dolors Caminal. Els vam trucar fa uns quants dies i vam quedar que ens veuríem avui mateix. Els he explicat la reacció de l'avi davant de la fotografia dels nens amb les escopetes i els he demanat si ens podien ajudar a trobar tots aquells que surten a la fotografia. Ha costat que m'entengués, el senyor Claudi, perquè és sord de debò, sord com un cargol sord: «Tots, no», m'ha dit, «però potser uns quants. Uns quants, sí.» Se m'ha acostat i m'ha fet un petó als cabells. M'ha dit que era preciosa i totes aquestes coses que els avis diuen a les nenes. «I tens el nom més maco del món sencer», ha fet la senyora Dolors. S'han emocionat de debò i també s'han entristit, que és una cosa que he vist que els avis fan molt sovint. Estan alegres i ploren, i després estan tristos i també ploren, i mai no saps si ploren per una cosa o per una altra o si només ploren perquè tenen els ulls humits. Si hi ha una cosa que costa, al món, és saber com són les llàgrimes dels avis.

Han dit que, si volíem, anàvem de seguida, tots plegats, a veure l'avi Tomàs. «Val més que no», ha fet la mare. «Encara està delicat.» A més a més, els he explicat la meva idea: es tracta de reunir tants amics com puguem el dia del seu aniversari. Ja queda ben poc. Una mica més d'un mes. Serà una sorpresa, els he dit. Hi han estat d'acord. La mare semblava que no ho veia gaire clar, per por que l'avi es posés massa nerviós, però al final ha cedit. El matrimoni ha mirat de recordar què se n'havia fet, d'aquells nens de la foto. «Em sembla que n'hi ha que viuen a prop», ha dit la senyora Dolors, «però n'hi ha que estan més lluny. I n'hi ha, maca, que ni tan sols sabem si són vius.» Em trucaran per fer-me saber si els han localitzat. Els he dit que farem un berenar al Saló de Te Continental, que ja me'n cuidaré jo. Quan ja ens en anàvem, la senyora Dolors ha dit: «Ai, maca, en Robert Casanovas, no, eh?, que aquest sí que és mort.»

27

HI HA MOMENTS que jo també em torno petita. Bé, vull dir més petita que no pas ara. Vull dir petita del temps que em pensava que els reis existien de debò i que n'hi havia un que es deia Melcior com jo. Com el pare. Beatriu Melcior. Vull dir que m'imaginava que jo, amb aquell nom, era ben bé com un rei mag que ho podia aconseguir tot. Ara em passa el mateix. Sóc el rei Melcior que aconseguirà muntar una festa d'aniversari per a l'avi. Què carai! Una festassa, encara que sigui només un berenar.

28

ARA FEIA DIES que no entràvem al Saló de Te Continental. El senyor cambrer ens pregunta si estem bé de salut. L'avi li diu que la nena sí. La nena sóc jo, i és veritat. L'avi, però, ha de confessar al seu amic que es cansa més del normal i que, de tant en tant, li costa respirar. «És com un ofec, aquí, al pit», diu. «Quina lletra ens teniu preparada, avui?» L'avi ho pregunta com si no ho sabés, com si els pastissers del Saló li fessin cada dia una prova. No és això, perquè l'avi les encarrega amb temps i demana que li preparin, cada tarda, la lletra de galeta que ell vol. Però si un dia s'equivoquessin o si un dia li volguessin fer una broma, si un dia, de l'estoig, en sortís una *X*, doncs segur que l'avi també se'n sortiria. Diria «xilofon», potser, i parlaria dels dies que el tocava, si és que mai l'ha tocat. O m'explicaria coses d'un xumet o del xiulet que feia sonar a casa dels seus pares. Aquesta vegada, la lletra és una *G*.

29

«UNA *G* DE GUERRA», diu l'avi.

«Vam tornar a Barcelona. En Robert Casanovas em va dir que els primers dies lluitaven de debò pels carrers, i que ell va veure un cavall esventrat i tot de gent que apilava llambordes per defensar-se dels trets. També s'estaven rere el cavall, pobre, i des d'allà disparaven. En Robert s'ho mirava des de casa seva i diu que també va veure fotografies als diaris. Quan nosaltres vam tornar a Barcelona, la cosa estava més tranquil·la, però el meu pare va haver d'anar al front i ja no el vaig tornar a veure mai més.»

El front no és pas això que tenim al damunt de les celles, allò que et diuen que no tens dos dits de front quan fas una malifeta. El front que diu l'avi és el lloc on les bales xiulaven, diu l'avi, el lloc on et mataven i després ja no se'n sabia res més, de tu.

L'avi m'explica la galeta de la *G* i a mi em fa cosa de menjar-me-la. «És part del tracte, bonica. Te les has de menjar totes. Van ser moments molt amargs, però ara aquesta galeta és ben dolça, no?» Em diu que la història, al cap d'uns quants anys, de molts anys, s'endolceix com la galeta. Però no me'l crec, perquè a ell, quan en parla, encara li fa mal el cor, i pensa en el seu pare, que no va tornar, i que ningú no sap on és.

30

L'AVI ENCARA NO entén com és que, enmig de la guerra, aquells marrecs jugaven a fer veure que hi havia guerra. Repetien el que havien sentit dir. Repetien els trets i els afusellaments. Amb una diferència, però. Un cop afusellats, els morts es revifaven i tornaven a casa. Els dies de la guerra, em deia l'avi, també hi havia temps per jugar. A guerra, i a bèlit, i a futbol. Ara arriba una *B* i, quan me la menjo, l'avi em parla del seu joc preferit. Hi havia una pala i una mena de fus. Un fus de fusta, ves. Amb la pala, havies de fer enlairar el palet acabat en punta i, després, ventar-li un cop i fer-lo anar al més lluny que poguessis. «Jo era un as, amb el bèlit. Ningú no el feia anar més lluny que jo, ni tan sols en Robert Casanovas.» L'avi també em parla del futbol. I fa venir el senyor cambrer amb una nova lletra dins l'estoig de plata. «Quedaré enfarfegada amb tanta galeta», li dic. Riu. Riem. Ara és una *F* i em diu que jugaven amb una pilota de paper.

Anaven premsant trossos de paper fins que aconseguien que agafés una forma rodona i després els lligaven amb un cordill ben fort, com si fos un tros de carn per rostir. Al final, es feia malbé, és clar, però «aguantava més del que et penses, Beatriu, molt més del que et penses».

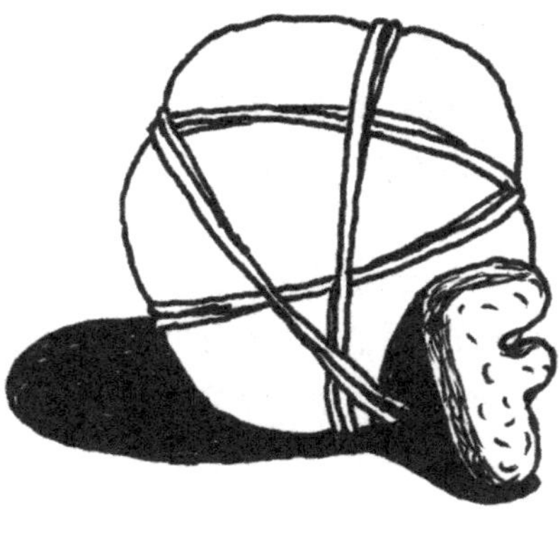

31

LA MARE M'HA DIT que havia trucat la senyora Dolors Caminal. Hi ha notícies. Ha pogut localitzar en Carles Reig i en Bernat Albert, i tots dos diuen que miraran de venir a la festa de l'avi, tot i que el senyor Albert es veu que viu a França i ha dit que no era segur del tot que pogués venir. He dit a la mare que ja me n'ocuparé jo. Parlaré amb els del Saló de Te Continental i els diré que preparin un pastís ben gros, amb tot de galetes al voltant. Galetes en forma de lletres que diguin: PER MOLTS ANYS, TOMÀS. Segur que em diran que sí. Quedarem per fer-ho un dissabte, la vigília de l'aniversari. D'aquí a tres setmanes. Els diré que després ja passarà la mare i ho pagarà tot. He preguntat a la mare si no en sabien res, d'en Floreal Bagudà. M'ha dit que no, que sabien que havia anat a Mèxic, però que n'havien perdut la pista. Aleshores li he dit que ho podríem mirar a Internet. Segur que hi haurà una cosa o altra.

32

FA DIES QUE SEMBLA que l'avi tingui pressa. El dimarts no em va poder venir a buscar a la classe d'escacs. Aquest dijous, que ha pogut venir a esperar-me, m'ha fet menjar quatre galetes de cop. Bé, no es pot dir que m'hi hagi obligat. Les galetes són boníssimes i jo seria ben capaç d'empassar-me tot un diccionari de lletres ensucrades. Però abans ho fèiem més a poc a poc, d'una en una. Ara sembla que tingui pressa. El senyor cambrer ha vingut quatre vegades. Amb una *L*. Amb una *B*. Amb una *F*. I amb una *R*. He demanat un batut de xocolata i l'avi s'ha volgut beure una copa de xerès. «Segur que et convé, avi?», li he preguntat. Ell m'ha dit que sí, que ja no venia d'aquí, que un dia és un dia.

Després, amb els ulls lluminosos m'ha parlat de llibres, dels llibres que llegia durant la guerra. M'ha explicat que els dibuixos eren preciosos, «molt fins», i m'ha dit que recordava una abella que es queixava en una carta adreçada a una flor artificial. Hi deia que les abelles del rusc estaven amoïnades perquè quan hi anaven a xuclar es trobaven amb una flor artificial i després la mel no sortia prou bona. He rigut. «T'agrada?», m'ha dit. «Sí, molt», he fet.

Mentre em menjava la *B* m'ha parlat de les bombes. Sentien l'udol de la sirena que els avisava. Baixaven corrents al refugi. S'hi estaven moltes hores. Allà dins, mig a les fosques. Sentien l'espetec de lluny i no sabien si, quan en sortissin, encara trobarien la casa dempeus. «Jo m'hi enduia el llibre de les històries dels animals», ha dit l'avi.

«Ja estàs?», ha fet. Doncs ara et toca la *F*. «De foc?», li he preguntat. «De feixisme?» Jo no sé gaire què vol dir, això de feixisme, però li havia sentit parlar dels feixistes, que eren els que tiraven les bombes, i he pensat que la *F* era per als feixistes. «No», m'ha dit. «De fugida. *F* de fugida. La mare duia un farcell de roba a l'espatlla. En aquell farcell hi havia tot el que teníem. Vam fugir de Barcelona el mes de gener. I vam travessar la frontera. Veus? També podria ser la *F* de frontera, o de farcell. Feia fred. Jo tenia les mans congelades i caminava al costat de la mare. No ens podíem aturar. Dormíem a peu de la carretera. El farcell ens servia de coixí. Vam travessar-la i vam anar a parar a la *R*.»

La *R* era del camp de refugiats. Es feia tard i havíem de tornar a casa. Si no, la mare segur que patiria. «Ara acabo», ha dit l'avi. I ha començat a dir més paraules. Paraules soles, sense verbs, com les galetes, però no gens ensucrades. Menjar, i sopa, i files d'homes i dones, i mar, i filat amb punxes, i gendarmes, i crits, i ofegats, i nens sols, sense mare. I gana. I quan ha dit gana, també ha dit: «Au, va, menja't la galeta, que ens en anem.»

33

HO HE FET JO MATEIXA. He pensat en allò que l'avi deia dels escacs, que sempre hi ha una escapatòria. Que sempre te'n pots sortir, si hi penses una estona. M'he connectat a Internet i he buscat «Floreal Bagudà». Només l'he trobat deu vegades. Totes les vegades em parlaven d'un col·legi de Mèxic, en un poble que es diu Querétaro. M'hi he connectat. He vist la ciutat i m'he promès que un dia hi aniré. Sembla preciosa, amb tot de places i d'esglésies. Al web del col·legi hi havia una adreça. Hi he escrit. A la carta he parlat de l'avi, de Barcelona, dels dies de vacances d'abans de la guerra, a la muntanya. M'han contestat de seguida, al cap d'un parell o tres de dies. M'han dit que el senyor Floreal feia un parell d'anys que havia mort i que segur que li hauria agradat molt de tornar a Catalunya per retrobar-se amb els amics. La carta, la signava un tal Adam Bagudà. El seu fill. Ara era el director del col·legi. M'ha demanat que faci arribar una nota a l'avi Tomàs. Hi diu: «Encara ens queda pendent la partida d'escacs, Canadell. Quan vulguis. Mouen les blanques.»

34

ELS DEL SALÓ DE TE CONTINENTAL estan nerviosos. Sembla com si tinguessin ganes d'explicar-ho tot a l'avi. Es veu en els seus moviments. Parlen en veu baixa. Se'l miren diferent. Un moment que l'avi ha hagut d'anar al lavabo, se m'ha acostat l'amo del Saló i m'ha dit: «Beatriu, ja ho tenim tot a punt. No pateixis per res.» Fins i tot m'ha fet passar a l'obrador i m'ha ensenyat totes les galetes, posades l'una darrere l'altra. Feia goig. He tornat a la taula. L'avi, abans de seure ha anat a buscar, ell mateix, l'estoig amb la lletra d'aquest dimarts. Era una *I*. «D'inundació», m'ha dit. «D'aiguat. Després del camp de refugiats vam estar uns quants anys a França, a Tolosa. Vam tirar com vam poder, la mare i jo. Ella cosia en un pis molt petit. Feia faldilles i embastava les vores dels pantalons. Jo vaig començar a fer d'aprenent de mecànic. Trobava a faltar el pare. Trobava a faltar els amics. Després, uns anys després, vam tornar. Vam anar a parar a Girona, a casa d'uns parents de la mare. Es va instal·lar com a modista. Jo, en un taller, ja no feia només d'aprenent. Recordo que vaig ajudar a construir una petita màquina de fer claus. Mira, jo en sabia, de fer coses així. Hi va haver una inundació. La plaça de l'Oli, que era on vivíem, va quedar negada. Els del taller, quan va parar de ploure, vam sortir al carrer. Hi havia, a les parets, tot de cartells dels feixistes. L'aigua ens arribava a l'altura dels genolls. Més enllà i tot. La mare s'ho mirava del balcó estant. En aquells anys, a Girona hi havia rates pels carrers, però aquell dia es devien ofegar totes. Era com si tot s'hagués d'ofegar, i tot era gris i humit, com aquell coi de rates, Beatriu.»

35

«S'HA MORT com un pollet», ha dit la mare. S'ha estirat al llit perquè ha dit que estava cansat, ha respirat fondo un parell de vegades i, després, ha deixat de respirar.

La mare no volia que jo veiés l'avi, allà, al bagul. Es devia pensar que em faria por o coses així. Però al final l'he vist i no m'he espantat ni res de tot això. He pensat una cosa, només una cosa: hi ha moments que no pots guanyar la partida, als escacs, encara que hi pensis molt.

L'hem enterrat aquest dijous. De tant en tant, he pensat, l'hi portaré galetes, al cementiri.

36

TOT I LA MORT DE L'AVI hem decidit mantenir la festa d'aniversari. Els del Saló de Te Continental ens han dit que no hi havia problema amb les galetes, que també les vendran igualment, que segur que tenen molta sortida. La mare, però, ha pensat que ell hauria estat molt content de retrobar els amics. No els hem dit res del funeral. Hem pensat que era millor esperar a dissabte.

SALÓ DE TE
CONTINENTAL

37

HAN VINGUT a la festa en Claudi Gómez i la Dolors Caminal. També en Carles Reig, en una cadira de rodes. L'han acompanyat els seus fills i un nét, que m'ha dit que també feia cinquè, com jo. Al Saló de Te Continental hi havia tot de garlandes penjades del sostre. En Bernat Albert no ha pogut venir. No pas perquè França sigui molt lluny, sinó perquè es veu que li feia mal l'esquena.

Han tancat el local per a nosaltres i han posat música d'aquella d'abans, per ballar. No ha ballat ningú, però, perquè els avis ja no poden, tot i que en Claudi i la Dolors sí que han provat de fer-ho. Tothom ha preguntat on era l'avi. Jo he llegit la carta de l'Adam Bagudà. I he posat damunt la taula de marbre la fotografia d'aquells nens que disparaven trets de per riure. La Dolors Caminal, de la bossa que duia, també n'ha tret una fotografia. Hi havia, asseguda en un pedrís, una nena que duia els cabells tallats arran de les celles. Era com si portés perruca. Jugava amb una nina. «Aquesta sóc jo», ha dit.

«El volem felicitar», ha dit en Claudi Gómez. «Aquestes coses de les sorpreses van així», ha fet, amb una veu ronca, en Carles Reig.

Els hem fet seure i els hem explicat que l'avi va morir dimecres. Silenci. Ningú no ha dit res. Després ha entrat el senyor cambrer del Saló de Te Continental amb el pastís i amb totes aquelles lletres dolces de l'avi. Han apagat els llums i hem cantat. Jo he bufat les espelmes. Ens hem menjat totes les lletres i hem pres xocolata desfeta.